Elisabeth Zurbrügg
Im grüene Paradies

Elisabeth Zurbrügg

Im grüene Paradies

Gschichte vo dusse düre Summer

Blaukreuz-Verlag Bern

© by Blaukreuz-Verlag Bern 2010
Lindenrain 5a, 3012 Bern,
Internet: www.blaukreuzverlag.ch, Tel. 031 300 58 66
Umschlagfoto: Margrit Zingg
Foto der Autorin S.7: Lars Lepperhoff
Satz: Blue Beret Werbeagentur, Thun BE
Herstellung: St.-Johannis-Druckerei, Lahr
ISBN 978-3-85580-472-6

Wies zum grüene Paradies isch cho

Es paar Gedanke zu däm Büechli vor Outorin

Die letschte Wuche vor em Zügle, em definitive Usego us üsem altvertroute Burehuus, hei üses Seeleglychgwicht rächt dürenander brocht.

Hüt sy üsi Burehofjohr scho Gschicht.

Es isch es eifachs, ehrlichs u mängisch ou es strängs Läbe gsy. Aber es het doch ou gäng wider Platz gha für ds Schöne und für d Läbensfröid. U drum han i färn eso ring do das Manuskript gschribe, wo jetz das Büechli isch drus worde.

Es isch mys Vermächtnis.

Mi ganz pärsönlich Abschied, als bestandeni Büüri, vo däm Huus und vom Betrieb.

Wär sym altvertroute Läbe e nöii Richtig wott gä u das de ou macht, mit allne Konsequänze, wo derzue ghöre, chunnt a d Gränze. Und es tuet weh.

Das Büechli do het no e Schatteschwöschter gha. I das han i, ganz alleini nume für mi, drygschribe, was mi nächtelang plooget het.

Vollgschribni Blätter sy's worde.

Züge vo mym Truurprozäss, won i düregmacht ha. Nid schön zum Läse aber wichtig u richtig.

Vor der Wiehnacht han i der Büechliumschlag abgrisse u die vile Syte einzel i üsem Ofe verbrönnt.

Und won i denn i das blaue Röichli gluegt ha, wo's gäng gä het, han i gwüsst, dass es guet isch eso wien es isch.

I bi frei worde. So han i mi denn sälber therapiert.

Was du, liebi Läserin, und du, liebe Läser, hüt i der Hand hesch, sy di letschte schöne

Erinnerige a üses Huus und sys grüene Paradies.

Ds Läbe fliesst.

Alls änderet.

So muess das sy.

Dodrüber darf me nid erchlüpfe. Nie.

Wüsst dir: Logoo heisst drum halt ou gäng wider: Ds Stärbe lehre …

Im grüene Paradies

Warum nid albeneinisch am ne toufüechte u chüele Morge äxtrafrüech ufsto u im erschte Liecht vom nöie Tag i ds Gartehüsli hingere es paar Gedanke go ufschrybe?

Die Idee isch mir grad just dä Morge bim Erwache düre Chopf gchuttet u si het mi fasch elektrisiert. Jo genau. Das machen i. Das wär doch öppis. Gedanke us em grüene Paradies.

No sälte bin i mit sövel vil gueter u kreativer Energie i nöi Tag gstartet. U jetz hocken i tatsächlich do, am massive Tisch im Gartehuus u lo mi uf das Schrybabetüür y.

I wotts wage. Mit Lyb u Seel u Hut u Hoor. Papier u Schrybzüüg liege parat. I wott lose u errote, was mir do die Oase uf üsem Betrieb tuet chüschele.

Outo u Laschtwäge fahre grad i däm Momänt nid vil verby. Uf der starch befahrne Stross, wo grad näbe üsem Huus verby füehrt, gits e chlyni Pouse. Wär het müesse go schaffe isch scho meh oder weniger zügig bi üs düregschnützt. – Hie, hingerem Huus im Mätteli, merkt me vo däm allem nüt.

Es geit es chüels, fyns Lüftli. Erfrüschend isch es. Gheimnisvoll u voll wunderbarer Läbensenergie. Eifach drum, will's us de Boumchrone, us em Mätteligras und us em biologische Ustuusch vom Pflanzblätz ufstigt. Hübscheli chunnts bis zu mir und rüehrt mi aa. Es wott mir «Guete Tag» säge.

E Schöpfigsmorgestimmig isch das, so han i dänkt und e fasch heiligi Ehrfurcht het mi mache z tschudere. D Ärde schnuufet. Vor der grosse Summerhitz, wo sich jetz de scho gly voll Gluet u Durscht über d Mönsche und d Natur wird lege, blibt das Morgelüftli no chly hie. Hie im schattige u drum no so nachtchüele Ruum.

Üses blaue Windredli, wo vor Älti scho vil Farb verlore het, dräit sich schlofsturm zringsetum. Einisch … zwöimou … u de blibt es wider sto. Mit syre dopplete Blueme isch es ou denn no es Schöns, wenn's nid schnurret wie wenn's es Motörli hätt.

Do hinger em Huus, im grüene Paradies, darf me zur Rueu cho. Söttigi stilli Momänte sy e Säge. Si tüe guet. Jetz grad ou mir.

Es Rotschwänzli chunnt i eim Yfer zu mir. Äs höcklet uf e roschtig Droht vo Nachbers Gartehaag u luegt mi schreg aa. Also das isch de scho grad gar es nöis Mödeli, dass i sövel früech am Morge do i däm Gartehüsli hocke. Süsch isch doch äs albe mit syre Familie um die Zyt do Herr u Meischter. I weiss das. Si lö drum gäng öppe öppis lo gheije. Hüt isch das jetz äbe e chly angers.

He nu, so de. Äs nimmt mi Aawäseheit zur Kenntnis u flügt tifig dervo. Häb nüt für Unguet, du liebs Vögeli, dänken i u strecke mi e chly.

Zwe wyssi Plasticgartestüehl sy über Nacht dusse blibe. Dört im Pflanzplätz. Am Familiefescht sy si geschter, am Sunntig, dört häre treit u bim Dänneruume vergässe worde. I allne Egge hei üsi junge Lüt so Sitzegge gstaltet. Dä hie macht sich würklich no guet, han i gstuunet. Es Gartebild. He jo. Warum nid einisch zwüsche Hortensie u Guldruete, Chrutstile, Tomate u Sunneblueme, wo grad wei aafo blüeje, e chly abhocke? – Hüt tuen i die ömu nid verruume.

Es isch schön, dass mir geschter eso ne guete u gfröite Tag zäme mit üsne erwachsne Ching u ihrne Liebe hei dörfe erläbe.

D Jeanne Hersch, die verstorbeni Philosophin us Genf, won i sehr verehrt ha, het einisch i eim vo ihrne Büecher gschribe, Familiefescht syge Choschtbarkeite. So wärtvoll wie schwäre, purpurrote Sammet vom ne Theatervorhang. Und uf der Bühni stöie mir. Ybunge im Schicksal vo üsne Rolle. Aber die facetteryche Familiezämekünft tüeje mir mängisch nume halbhärzig erläbe. Vo Näbesächlichkeite abglänkt, merki mir nid wie mänge wichtige Ougeblick so, für gäng, unbeachtet verby göng. Derby tüei üs doch ds Läbe nid nume Müei u Sorge, nei, ou vil Schöns u Gfröits schänke.

I wott mir die Gedanke hüt ou wider einisch nöi z Härze näh. Mit däm feschte Vorsatz ruumen i mys Gchribel zäme, sto uf u loufe gäge ds Huus zrugg. Bim Chirsiboum schnousen i öppe no föif Minute lang zuckersüessi Frücht. Mm… fein…

Aber jetz isch würklich höchschti Zyt. I muess i d Chuchi!

Dahlie

Am Morge früech i ds Gartehüsli go schrybe, geit nid gäng. U all Tag sowieso nid. Aber das macht nüt. Eso nes Schnäfeli Zwüscheyne-Schrybzyt chan i glych gäng öppe wider ergattere. Grad eso wie jetz.

Hüt isch es usööd heiss gsy. Aber jetz schattets gäbig, will sich e mächtigi feischteri Wulche vor d Sunne gschobe het. Wyt ewägg ghört mes donnere.

I ha fürs Znacht öppis Eifachs parat: Räschte vom feine Zmittag. Die muess i nume no wärme. U drum darf i jetz öppe e Halbstund lang vo der Bildfläche verschwinde. Wenn i im Gartehüsli schrybe bin i furt u glych Daheime. Mi lieb Maa weiss de genau, wo dass är mi, im Notfall, müesst cho sueche.

D Hitz vom Tag het üse Pflanzplätz rächt gschluuchet. U glych ligt hüt e gheimi Vorfröid, won i fasch körperlich cha gspüre, i der Luft. Die erschte Dahlieblüete hei sich ufto. Roseroti, fasch lila a de Blüetestärnespitze u lüüchtig gälbi sy ufblüejt u hei der hütige Summerhitz trotzet.

Dahlie sy üsi Lieblingsbluemi. Si sys gäng scho gsy.

Derzue hei mir Chlüüf vo nöie Sorte gschänkt übercho u im letschte Herbscht zur Winterrueu i üse gwölbt Naturbodechäller abetreit. Zwo vo üsne Fründinne hei se üs spontan gschänkt. Eifach drum, will ihri Eltere, vorab der Vatter und knapp es Johr druuf d Mueter, gstorbe sy u die verwaiste Blueme doch es Plätzli hätte sölle ha.

Bis zletscht sy die Eltere Gartemönsche gsy. Si hei es blüejigs u grüens Paradies hie uf Ärde gha. Bis i ds höche Alter hei si usgsäit, gwässeret u gschattnet (je nach däm), piggiert u küderlet u spöter versetzt u, ob

Blueme oder Gmües, es isch ne alls errunne. U drum hei si ds Meh-weder-nume-gnue-ha i all dene Johr i ihrem Garte dörfe erläbe.

Aber d Dahlie sy ihri Stärneblueme gsy.

Die alte Eltere vo üsne Fründinne hei mit Ehrfurcht zu ihrem Egge Land gluegt. Ihne ghöri jo eigentlich nüt für ewig, so hei si öppe mängisch gseit. Ou die ganzi Gartepracht nid. Si tüeje nume nutze u verwalte u si wölle de ihri irdische Güeter rächtzytig wytergä. Im Paradiesgarte blüeji de sicher Blueme gnue.

Für mi lieb Maa und für mi, sy die hochbetagte Eltere vo üsne Fründinne grossi Vorbilder gsy. Eso wie si die länge u nid eifache Johr dür ds Alter gläbt und wie si zuenenand gluegt hei, das isch byschpielhaft gsy. Und eso wie si ihre Fründeskreis pflegt hei – es hei nie nume alti Lüt derzue ghört, nei, ou gäng früsch wider Jungi – so hei mir im Stille dänkt, wette mirs de ou einisch mache.

Mänge Fade hei si dür ihri Mönscheläbejohr düregspunne u verwobe. U die fröhlich gschäggeti Plätzlidechi, wo's zletscht drus gä het, het ne, bis zum Stärbe zueche, vil Geborgeheit u Härzensfröid gschänkt. Si het de ou d Einsamkeit u d Verbitterig abgha, wo leider mängisch, gäge ds Ändi vom Läbe, no chunnt u plooget. U si het mitghulfe, dass ugäbigi Kante u Eigeheite vo ihne nid nume weh hei to. Was si üs, i all dene Johr, wo mir se pärsönlich hei dörfe kenne, vorgläbt hei, isch «Hohe Schule des Lebens» gsy. Chappeau!

Do im Gartehüsli i der Matte hinger, unger dere schwarze wörggige Gwitterwulche, isch fasch so öppis wie nes philosophischs Stuune über mi cho...

Jetz hets aber grad gfährlich nooch gschune u gchlepft. Es wär sicher gschyder, i wurdi myni Sudelblätter zämeruume u i ds Huus zrugg go. Sicher isch sicher. U Fürobe han i jo eigentlich ou no nid...

Am Vormittag druuf han i du der einte Fründin aaglüttet. Die erschte Dahlieblüete han i wölle mälde. Si het e Momänt lang gstuunet u mys Garteblueme-Telefon als es speziells Omen aagluegt.

Letschti Wuche hei üser Fründinne e letschte, fasch rituelle Rundgang dür ds stille Huus gmacht. Dür nes läärgruumts Elterehuus loufe tuet weh u weckt mängi Erinnerig. Mi bsinnt sich plötzlich no einisch a Grüch u Grüüsch, a Stimmige u Stimme. Jedi Türe, jedi Stube, jedes Fänschter u jede Stägetritt verzellt no einisch die vergässne Familiegschichte, wo do inne, i däm Huus, i all dene Johrzähnt passiert sy.

Es bruucht Muet u Überwindig, sich däm Truurprozäss z stelle.

I eim vo de vile Wandschäft syg, bis z allerletscht no, ds Hochzytschleid vo der Mueter blibe hange. Jetz heig si das, als letschti Handlig, vom ynegschrubte Hoogge abghänkt und uf em Arm zum Huus us und zum Outo treit.

Grad dä Morge heig si du d Idee gha, das wunderschöne Chleidigsstück no einisch i ihrer Wohnstube übere Diwan z lege. U ungereinisch heig si du halt ou no ds grosse, grahmete Hochzytsfoto vo ihrne Eltere müesse go fürereiche u derzue stelle. Uf em rote Polschter heige sich Chleid u Foto eso schön als Erinnerigsbild «im Stoff» lo büschele, dass si gwüss wäger füechti Ouge heigi übercho.

U das luegi si jetz scho e guete Rung aa. Abschied näh syg sicher für niemer eifach. U für si äbe ou nid. Es göi ihre jetz grad nid eso guet. U jetz chönn si ou derzue sto, dass si bis i d Chnoche yne müed syg. Kei Schritt möchti si i däm lääre Elterehuus no mache. Si, die zwo Töchtere, heige sich beide übercho. Aber es syg jo jetz verby… Ds Wichtigschte vo allne Gfüehl, wo si i sich inne gspüri, syg e grossi u töiffi Dankbarkeit. U die wärdi blybe. Ihri

Eltere heiges guet gmacht. Ihri Eltere heige ds Beschte gmacht, wo müglich sygi gsy. U si, ihri zwo Töchtere, chönne nume still und ergryfend danke säge. Danke für alls.

U si wünschi so vo Härze, dass Vatter u Mueter jetz, erlöst u im ewige Fride, mitenang düre himmlisch Paradiesgarte sölle dörfe go…

Ds Meieli

Der Summer isch do. Är verwöhnt üs mit syre Wärmi u mit syne länge u hälle Öbe. U so liechtfüessig wie d Tage chöme u gö, loufen ou i dür d Wuche. Das nume-no-warm-ha, tuet mir guet. Sogar der Ischias, dä alt Ploggeischt, het sich momentan still. Mir söll das nume rächt sy…

Jetz isch die Zyt, wo allergattig Yladige i üses Huus flattere. Wuchenändbsüech i Gärte, wo für üs offe stöh u zwo-, drei Stund ds Oug verwöhne u grad arflewys Härzwöhli verschänke. Ou mir dörfe Trouvaillen useläse us em breite Fächer vo Kulturangebot. Dä Summer macht üs Fröid.

Zum längschte Tag han i ou hüür grad wider z dotzewys Bürinnebriefe verschickt. U mit em ne gwaltige Schueb vo Schrybfröid, han i, im Gartehüsli hinger, stundelang mit offne Ouge troumet.

Wie mängisch chlagen i doch, will mir myni zwöi Wybli, won i muess läbe, Müei mache. Äbe – d Dichterin u d Büüri! Abwächsligswys macht mir gäng die Einti oder die Anderi e Mouggere, will si Angscht het, si chönnti z churz cho. Die länge Tage und die churze Nächt gä jetz gnue Freiruum für beidi.

Im Momänt cha d Schrybere im zarte Oobeliecht und im chüele Morgetou ihri Kür tanze, derwyle dass d Büüri Fänchel u Rüebchöhli im Pflanzplätz ärntet, für ds Ygfrüüre zwägmacht u der Garte jättet. I läbe im Überfluss. Es längt für alls.

Die längi Dahlierabatte het jetz dringend e Lattehaag als Stützi bruucht. Für all Fäll, wenn's de schwäri Summergwitter sötti gä. Mi lieb Maa het gschickt ghämmeret u gnaglet und i bi dasumegstande u ha mir ybildet, i syg ihm e Hilf.

Bim Füresueche vo no meh nötigem Material, het är du ungereinisch ou ds Gripp vo der färndrige Vogelschüüchi i der Hand gha. «Bruuchsch hüür ou wider eini?», so het är mi gfrogt u het der schwär Schleguhammer i der Hand dräit. «Dänk wohl», han i gseit, «Jetz sy jo de gly d Summerferie u de chöme jo de d Meiteli zu üs u die hei doch gäng eso Fröid dranne. – Chumm, mir plaziere se do schön vor de Dahlie. Dä Platz wär ideal!»

Es paar Minute druuf isch das Stäckechrütz standfescht i Bode gschlage gsy.

Warum muess e Vogelschüüchi eigentlich gäng es Hudellumpewyb sy? Ob wüescht oder schön, d Vögeli erchlüpfe glych nid drab. I chönnti doch, zur Fyr vo üsem letschte Burejohr, e wätterfeschti Garteschönheit kreiere! Mit däm Gedanke im Chopf bin i i däm Schaft, wo so allergattig Sache ufbewahrt sy, wo me de wär weiss, villicht einisch no chönnti bruuche, go nuusche.

U prompt isch mir es alts-nöis Summerchleid i d Finger cho. Nid grad diräkt us Paris. Aber scho cheibisch chic! Das het hinger e längi Schlitz gha, wo de der bewundernd Blick uf schlanki Frouebei hätti frei gä. Und über d Hüft isch es schmal gschnitte gsy. Äbe, es Chleid für ne Troumfigur, nume nid für mi. U glych han is vo Johr zu Johr gäng wider wägto. Für allfälligi müglichi schlanki Zyte. Jetz wott i ändliche Fröid ha an ihm, so han i dänkt und ha's vom Bügel gstreift.

Dank sym länge Ryssverschluss han i das edle Stück über dene dürri Schulterstäcke chönne montiere. Piekfein! Parat für i Usgang! So han i bim Aaluege dänkt u ha mi richtig aafo begeischtere derfür. Aber die no sichtbari Querlatte het mir mit ihrem spryssige, uströchnete Wüeschtsy, buechstäblich d Zunge usegstreckt. Wart nume, di verstecken i ou no! Drufabe bin i no einisch fasch i mi Fundgruebe-Nuuschischaft yneschloffe. Do isch mir du die Gartongdrucke mit Tüechli drinne i d Finger cho. Söttigi, wo im Louf vom ne halbe Läbe sy zämecho. Dört bin i du ou fündig worde. Es Foulard han i i der Hand gha. Es Sydefoulard. Es Einzelstück. Grad äberächt – so eis, wien i gsuecht ha. Jetz han i nume no Ryssnägel bruucht u scho bin i wider i d Matte ghuschet. I nes Drüegg gfaltet, han i dä Stoff liecht und elegant über das vo de letschte Johr verwätterete Holz gleit und ha's mit de chlyne Nägeli vor em Dervorütsche fixiert. Alls, wo wüescht isch gsy, het sich so lo verstecke.

Jetz han i nume no e Chopf und e Huet bruucht. I ha sofort gwüsst, wele das do für die nöchschte Wuche zum Ysatz chunnt. E gflochtne, wysse, mit länge luschtige Stoffbänder drum. Dä isch scho lang i der Warteschloufe für ds De-einisch-bruucht-wärde uf em ne Tablar gläge. Jetz isch sy Stund cho.

Mit em ne Frottiertüechli han i uf em Stäckespitz e Chopf modelliert und mit mänger

Lag durchsichtiger Plasticfolie wätterfescht gmacht. Und no der Huet mit syne wysse Bändeli unger em hübsche Chini drufbunde.

Et voilà: Mys Gartemeitschi isch für ne Summer lang für ds sichtbare und unsichtbare Mätteliläbe parat gstande. Wär weiss, ob äs nid i zouberhafte Vollmondnächt mit em ne heimliche Kavalier wird tanze? U mit allne Lüt darf äs scharwänzle, ohni dass ihm öpper mit dem Zeigfinger ds flatterhafte Wäse chönnti füürha.

Mi Nochbere het mi, vo ihrem Garte us, scho die ganzi Zyt gseh dasumehüschtere. Jetz isch si mys volländete Wärch cho bewundere. Si het gstuunet u grüehmt u het genau glych vil Gärtnerinne-Chinderfröid i ihrem Härz gha wien i.

«Kennsch du das Schultertuech?» so han i se gfrogt. «Uf ei Wäg ume jo. Aber uf e ander Wäg ume nei.»

«Weisch … Bsinnsch di no… Mir hei doch mängs Johr der alt Vatter bi üs i der Wohnig gha. Denn, synerzyt, won är nümme alleini het chönne hüsele. Üsi Wohnigslösig isch für ihn zwar fasch troumhaft ideal gsy, aber si het üs enorm ygschränkt. Do das blaue Sydefoulard het mir denn grad e liebi Läserin gschickt und i ha's no der glych Tag, als Notlösig, ygsetzt. Mit de rote Rose druffe, het äs ds Fänschter vo der Gänglitür zur Chuchi behübscht u glychzytig isch es e nötige Sichtschutz gsy für üs.

Dank däm edle Stück, hei mir für üs du denn no e Fingerhuet voll überläbenswichtigem Privatläbe chönne rette. – Jetz darf ou äs einisch e grosse Uftritt uf der Gartebühni ha u frei sy! Lue, wien äs sich fyn bewegt. So söll das sy: Mängs, wo im Läbe es so schuderhaft müehselig u schwär z ertrage isch gsy, söll de denn, wenn es z Änd isch, huuchfyn u liecht dörfe schwäbe. Erlöst u frei. Eso, wie das Tüechli do.

Chumm mit! Du muesch üsi nöii Garteschönheit ou no vo hinder gschoue!»

Das het mi liebi Fründin de ou gmacht. Extrem schlank het die nöii Gartewächterin zur Matte us gäge d Strooss gluegt. Mitüüri wäger gwüss fasch eso, wie wenn si d «Twiggy» wär! Das Model, wo do vor Johrzähnte d Modewält begeischteret, vil jungi Froue verruckt gmacht het u i der Press, wäge ihrer Mägeri, vil z rede u z schrybe het gä. Do het niene nüt gängget. Nenei. Do isch nume fliessende Stoff, mit Bluemezwyge bedruckt, ghanget. Zäme mit em Foulard isch das Summerfröid pur gsy!

Mit Gaffee u feine Guetzli, hei mir du drufabe sälb z dritt im Gartehüsli üsi Nöikreation gebührend ygweiht. U mir hei se mit träfe Kommentare u vil Lache i üsem ygschworene Kreis vo garteverruckte Wybli willkomme gheisse.

Vo denn aa het si du gebührend Hof ghalte. Noblesse oblige! Si het i der ganze Nochberschaft vil z rede u z schmunzle gä. U der eint jung Giel het du no der krönend Schlusspunkt gsetzt. – Dä Lusbueb het mi du wäge myre aagäbliche Garteschwöschter rächt höch gno: Uffallend sygs zwar scho, dass si vil die Stilleri syg weder i. U dass si ou überdütlich schlänker isch weder i, hei syner lachende Ouge, wo ohni Wort glaferet hei wie nes Buech, ou gseit. Und e Name müessi das Meitschi jetz ou ha: «Meieli!» – Das isch ihm bis hüt blibe.

Vergrüblet

Will's Mändig gsy isch, derzue Rägewätter mit bodeloser Nässi und myni Näimaschine ir Reparatur gsy isch, hei mir üs ganz spontan entschide, e altbekannti Fründin z bsueche.

Si isch deheime gsy! Wo mir glüttet hei, geit d Schiebtüre obe a der Stäge uf u myni Fründin heisst üs härzlich willkomme.

Uf em Eggbank i der Chuchi sädle mir üs. Do sy mir nämlech im innerschte Kreis vo däm Bürinneläbe. Usbreitet wie ne bunte Fächer lige da Zytige, Zytschrifte und Büecher. Vili Büecher.

Vor em grosse Fänschter, wo ganz vil Liecht ynelaht, steit es alts Tischli. Dert druffe wachse Zimmerpflanze i üppigem Grüen u bilde e harmonischi Läbensgmeinschaft mit dere hochbetagti Frou.

«Das isch halt jetz mys Gärtli. Weisch, a däm han i Fröid.»

I ihrer weiche Stimm het me vil Liebi zu de Mönsche u zu de Pflanze gspürt. Hie isch es üs wohl gsy. Mir hei vo gmeinsame Bekannte gredt. Vo de Läbige, vo de Chranke, vo de Stärbende u vo de Tote. Wär syt so vilne Johr zäme i tröier Fründschaft mitenang verbunde isch gsy wie mir, het scho all die Stuefene vom ne Mönscheläbe miterläbt.

Üsi Gaschtgäbere bewirtet üs mit Gaffee und Guezli u nimmt es paar losi Bletter und es schmals Bändli mit Gedicht füre. Derwyle dass my Maa sy Blick us dem Fänschter, wo mit lebändigem Grüen gschmückt isch, i Richtig Jura laht la schweife, list üsi Fründin mir Gedicht vor. Gedicht vom Emil Schibli, em ne Poet, wo si gchennt u töif verehrt het. Eis dervo treit der Titel «Teppich»:

*«Ich wollte einen Teppich weben
mit bunten Bildern, voller Leben.
Und ginge ich ins Dunkel ein
dann würde noch der Teppich sein.
Nun bin ich schon ein alter Mann,
und ich bin müde, dann und wann.
Die Zeit ist wie ein Traum zerronnen.*

Der Teppich? – Er ist kaum begonnen.»

Speter, i üsem rege Gedankeustuusch, isch ou ds fasch vergässne Wort «vergrüble» uftoucht.

Und die läbenslang ärdverbundeni Urgrossmueter mit däm Gspüri von ere weise Frou, het üs es Erläbnis us ihrer Vergangeheit verzellt. Eim vo ihrne Sühn heig si dennzumal e Weizepflanze erklärt. Irgendwo. Dusse uf de Fälder. Sunneliechtbeschune und mit Himmelsblau u liechtem Wulcheglück gsägnet. Dert heig si für ihn ei pralli Weizepflanze ufto. Sorgfältig. Mit em Duumenagel. So dass sich die dinne verborgeni verletzlechi, fix-fertigi Ähre offebart het.

Ds Weizechorn. Es Wunder. Üses tägliche Brot.

Und der Bueb heig ganz erschütteret gseit: «Aber Mueti, jetz hesch es vergrüblet.»

Drufabe rede mir vo Pflanze u Mönsche, wo leider ou hüffig vergrüblet wärde.

Dert, uf em Fäld, isch es en unvergässliche Aaschouigsunterricht gsy für dä spöteri Buur, wo jetz ou scho vor der Pensionierig steit.

Und mir räsümiere, dass ds Vergrüble ou hüt no us Ungeduld cha passiere. Wie sy mir doch beidi entsetzt gsy, vor nes paar Tag i der Zytig z läse, wie vil Ching hüt scho sehr früech und sehr intensiv Nachhilfe-Unterricht überchöme, für dass si mit de Forderige vo Elterehuus und Schuel chöi Schritt halte.

Und mir hei vo üsne Ching gredt, wo dennzumal no eifach hei dörfe Ching sy und mängisch ou ersch spöter der Chnopf hei ufto und glychwohl tüechtigi Mönsche sy worde. Villicht ou grad drum, will mir si nid z früech u z fordernd vergrüblet hei.

Häng

E Halbstung lang hei si jetz hie im Gartehüsli hinger dörfe zur Rueu cho. Dä Momänt vom Nüt-müesse-mache het ne meh weder nume guet to.

Vori grad hei si no Loub vo üsne Tomate usbroche, will die gäng wider früsch i ds Chrut wei schiesse.

Übere Tisch y isch es fyns u aromatischs Gschmäckli cho z düssele. Äs het mi Nase i ne Vorfröideruusch vo Gnussempfinde versetzt u i mym Hirni wunderbarschti Tomateglüscht gweckt. Es git doch nüt bessers, als i der Heimlichkeit vom ne Pflanzplätz i ne sunnewarmi, herrlich aromatischi, vollkommeni Gmüesfrucht z bysse. U wenn mir de no der fürig Saft über d Finger abelouft und a Bode ache uf e Härd tropfet, isch das Summerglück pur …

Hüt sy mir die Häng ufgfalle. Ganz angers weder süsch. Ehrlich gseit han i se no nie eso gschouet wie jetz. Und es isch e ergryfendi Ehrfurcht über mi cho. Eini, wo mir albeneinisch töif us der Seel use seit, was Sach isch und mir d Ouge uftuet.

Dene Häng het me e Läbensleischtig aagseh.

Si sy extrem starch u sehnig. U glych gäng no fynfüehlig by der chlynschte Berüehrig. Wenn si hei müesse zuepacke, sin es Schrubstöck worde, wo nid hei lo go.

Und i ha im Stille dänkt: Gott, was hei die zwo Häng gschaffet! Wyt u breit gits chuum es zwöits Paar sövel wärchigi Häng.

Chuum dass der Mönsch, wo si zuen ihm ghöre, gwüsst het, was schaffen isch, sy si nümm zur Rueu cho. U si sy dranne blibe, bständig, zueverlässig, tröi u gwüssehaft. Fasch Tag u Nacht.

Die Häng hei mir d Biographie vom Mönsch erzellt.

Es strängs, ehrlichs u guets Läbe. Eis, wo spöter du, Hand i Hand mit mir dür d Johr gschaffet het. Dene Häng han i vo allem Aafang aa dörfe vertroue.

Es sy wunderbari Häng. Söttigi, wo denn synerzyt, i junge Johr, hei zärtlich chönne sy u warm hei gä. Mi hets doch denn gäng so vil gfrore.

U si hei mi dür alli Höchine u alli Abgründ düre, wos i mym müehselige Läbe het gä, düretreit. Si hei mi umsorget u begleitet. Bis hüt.

Dene Häng isch kei Arbeit z gring. Arbeit, wo z verachte wär, kenne die gar nid. Was het müesse gwärchet sy i Huus u Hof u Fäld u Stall, hei si gmacht. Willig u gärn gmacht. Si hei halb Nächt lang grännigi Chindli dasumetreit. Si hei ou Füdi putzt u gwicklet u mit em ne letschte no subere Egge vom Naselumpe us em Hosesack, Träneli tröchnet u Näsli putzt. Die Häng hei üser Ching denn vor der frömde Wält u allem, wo Angscht macht, gschützt. Jedes vo üsne vier Ching het sich, vom erschte Tag aa, vo ihne treit u geborge dörfe füehle.

Dene Häng hei si sich hundertfüfzgprozäntig chönne aavertroue. Die Häng hei se ou für ds Läbe glehrt. Die täglichi Usduur u Tröii. U der sorgsam Umgang mit jedem Mönsch u jedem Tier, mit jeder Pflanze, jedem Wärchzüüg u mit jeder Maschine. Die Häng hei nie i der Wuet öppis verheit. Do derzue sy si vil z güetig gsy.

Aber si hei ou Gränze gsetzt. Si hei, wenns het müesse sy, ou chönne weh tue. Halbbatzigi Sache hei si nid tolet. Und es «Jo» isch es «Jo» gsy, und es «Nei» es «Nei». Das isch denn, vor Johrzähnte, ds Fundamänt u d Basis vo üsem Familieläbe worde. U isch ou mängs no so chnorzig, müehsam u zäij gange, hei si glych, ohni Underbruch, wytergschaffet. E gwaltigi Chraft het se i Bewegig bhaltet, ou wenn mängisch der Mönsch scho lang nümme möge het. Die isch us em ne Urquell gspise worde, wo no denn Energieschüeb ermüglichet het, wo d Erschöpfig scho mit Schüttelfröscht het aafo Alarm schlo. Die Häng hei ihre Dienscht wyt über ds normale Mass uus gleischtet.

Die Häng sy sich ou nie z schad gsy zum Pflege.

Denn, wo du der eiget alt Vatter nümme sälber für sys körperliche Wohlbefinde het chönne sorge, hei das d Häng vom Sohn gmacht. I eire Sälbstverständlichkeit hei die der Körper vo däm hinfällige alte Buremaa putzt u duschet, abtröchnet u suber ygchleidet. Tag u Nacht. Johrelang.

U wo do dä bedürftig Mönsch im biblische Alter vo über föifenünzg Johr vor em Zmorgetisch, zwüsche üs Zwöine, gstorben isch – eifach will ne der Todesängel berüehrt u heigreicht het – hei die Häng sy läblos Körper zrugg uf ds Bett im Stübli treit u ne zur letschte Rueu bettet.

Die Häng hei ihrem Mönsch es ganzes Läbe lang dienet. Diene – es Wort, wo verpönt isch u wo us der Mode isch cho. U glych schryben is. Die Häng hei dienet. Ou üser Familie. Üsne Ching. Und ou mir. Si hei nie gfrogt, ob mir das merke u schätze. Si hei's eifach gmacht.

Jetz schaffe si im letschte aktive Burejohr. U nachhär sölle si de ou e chly meh zur Rueu dörfe cho. Si sölle jetz de meh Dörfe u weniger Müesse. Aber die Häng chöi de nid eifach vo eim Tag uf en anger grad nüt meh mache. Die läbenslangi Überaasträngig würdi nume weh tue u die schier verchrüpplete

Finger wurde gramselig yschlofe. Drum üebe si jetze scho die chlyne Pouse. Für ds Nachhär. Do im Pflanzplätz und vore, im alte Husgarte. Die Häng bruuche de ou im Ruhestand no der Kontakt mit em Härd. Dört blybe si i ihrem Elemänt.

Drum hei si jo jetze, vori grad, no einisch die chruttige Tomate vo de junge u unnütze Triebe befreit. Si hei de, im Verbygang ou no grad zwe, drei Amarantestöck usgrisse und im Loubgnuusch vo de Gurke zwo schlanki, längi Schönheite usebroche u do uf e Tisch i ds Gartehüsli treit. U äbe drum schmöckts hie gäng no eso herrlich fein nach Tomateloub.

Spontan recken i jetz übere Tisch u strychle fyn die sehnige, schwielige u magere Mönschewärchzüüg – äbe, die zwo Häng.

E Spruch chunnt mir i Sinn. Eine, won i vo letscht einisch uf em ne Kaländerblatt gläse ha: «Der Mönsch, wo Bärge versetzt isch dä, wo sich nid schüücht u mit blosse Häng aafot Steine ewäggruume.»

Die Häng, won i hie eso süferli aarüehre, die hei Bärge versetzt. Nüt angers. Es Läbe lang.

Es sy d Häng vo mym liebe Maa u Läbenskamerad. Üsi Häng lige jetz warm inenand u die starche Mannehäng fö zärtlich aa drücke. Si froge mi ohni Wort:

Wosch du mit mir cho? Jetz de gly? I üsi AHV-Freiheit, wo für üs eso nöi u frömd isch?

Wosch du mit mir cho, furt vo hie, i ne Freiheit, wo mir nümme vom Morge bis am Oobe müesse schaffe u luege u wehre?

Wosch du mit mir cho i nes nöis Daheime, für dass hie die jungi Generation sich cha bewähre?

Wohi? Villicht hie im Dorf, wenn's geit. Wär weiss. Villicht …

Hesch du ou so vil Vertroue wien i, dass üsi junge Lüt ihri Sach rächt wärde mache?

Weisch, mir sy jo nume Pächter do uf dere schöne u mängisch ou schwirige Wält. I d Ewigkeit cha niemer öppis mitnäh, u mir wette das jo ou gar nid. Drum gä mir jetz alls wyter. Will's eso söll sy.

Chunnsch mit mir uf dä Wäg i ds Alter, wo mir eso gar nüt wüsse dervo, wie's de wird sy u wo üs mängisch im Gheime ou Angscht macht?

Chasch du ou so guet lo go wien i? Wosch's wage u probiere, so wien i, ou wenn dä Prozäss töif geit u weh tuet?

Chunnsch mit mir uf das letschte Wägstück, eso wie mir das üs denn, a üsem Hochzyt, no ganz altmodisch versproche hei: In guten und in schweren Tagen bis dass der Tod uns scheidet?

Säg öppis.

Was meinsch? Wei mir's zäme wage?

Was meinsch? Chunnt's guet?

I drücke die zwo frogende Häng vo mym liebe Maa u nicke mit Träne i de Ouge: Jo!

Für di

Säg, isch das nid di gsy wo do, grad vori, i däm wunderbar ygwachsne Summergarte vo däm Restaurant im alte Städtli isch cho ychehre?

Weisch, dört wo der Summer düür d Tische u d Stüehl gäng eso yladend unger de Chrone vo de mächtige Schatteböim stöh?

Aha, dört? So wirsch du mi ganz verwungeret froge. Jo, genau dört.

Dört, wo die flyssigi jungi Frou albe am früeche Vormittag mit em ne weiche Lumpe die touigi Füechti vo der Nacht ab de Plastictüecher strycht u se nachhär mit em ne angere Tuech tröchnet. Als nöchschts leit si de albe die wunderbare grosse rubinrote Stofftüecher drüber. Kei einzige Tisch wird vergässe.

Gäng denn, wenn nid grad Räge tröit, cha me se bi dere scho fasch meditative Arbeit beobachte. U äbe momentan all Tag.

Si het sälber Fröid a däm, wo si macht. Das gseht me do dra wie sie schaffet.

Sie bewegt sich nid fahrig u gstabig u oberflächlich oder i re hässige Routine, will si so gleitig wie müglich wott fertig sy. Nei. Ihres warme, südländische Wäse, ihri liechtfüessige Bewegige u ihres Mit-em-Härz-derby-sy isch wie Musig u macht eim scho nume bim stuunende Zueluege Fröid.

Si sälber isch halt ou ganz e schöni Frou.

Chumm nöcher. Du darfsch do a eim vo dene zwäggmachte Tische Platz näh. Mynetwäge sogar no mit em ne gnüssliche Süüfzger denn, wenn du di tuesch sädle.

Gäll, ou die Gartestüehl sy sensationell. Die sy nämlich ou abtröchnet worde u druuf sy vori grad dicki, farblich exakt abgstimmti, äxtraweichi u glych stabili Polschter gleit worde.

Plötsch nid eifach eso ab u lo di lo gheje wie nes Pfung Dräck. Das macht me nid! Nimm der Zyt zum süferli der Stuehl vom Tisch wäg zieh. Gspür d Yladig vo däm Liecht-Schatte-Baldachin über dir u dere äxtra für di paratgstellte gaschtfründliche Einheit vo Stüehl u Tisch. U tue nid scho närvös rangge u tschudere, nume will du hurti chly muesch warte.

Lo di y uf die nöchschte zwänzg Minute. Villicht darf's jo de e Halbstung wärde?

Säg dim Rügge u dim Hingergschir, si sölle ganz bewusst gspüre wie das Polschter u der Stoff die eigeti Körperwärmi ufnimmt u sofort wunderbar aagnähm wider umegit. U jetz tue eifach nume dä Ougeblick gniesse. U gar nüt angers.

Gäll, söttigs tuet guet.

Wenn isch es dir ächt ds letschte Mou eso bis i die töifschti Seel yne wohl gsy wie jetz?

Gäll, das weisch jo du sälber bald nümme. Es isch allwäg scho lang här u söttigs tuet me ring vergässe. Eifach drum, will me sovil um d Ohre het u ou mängs sälbstverständlich worden isch.

Jo, i weiss das sälber o, do das Gaffee im grüene Garte isch nüt Läbenswichtigs. Anderi Sache zwinge dir ihre Wille uf u jage di dasume. Si höische vo dir die ganzi Ufmerksamkeit. Si hei di vom Morge bis am Oobe fescht im Griff u mache di ds zable wie ne gfangeni Flöige im Spinnenetz.

Gloub mirs: Es isch höchschti Zyt für di, dass du do, vori grad, dür das Gartetööri im Läbhaag bisch ynecho. Dohäre i die verträumti, eigentlich scho fasch e chly ferieverzoubereti Wält. Was ungsung isch u närvt u stresst, blibt ussedra. U das isch guet so.

Wenn hesch ächt du ds letschte Mou e Schritt näbenuse eso bewusst erläbt wie äbe grad dä jetze?

Gäll, i bi nes läschtigs Wybervolch. I froge di eso vil, i wott eso vil vo dir wüsse.

Derby chan es mir jo wäger mitüüri glych sy, was du empfingsch u wien es dir grad geit. Du hesch jo bim Ynecho ou gar nüt näbenume gluegt u hesch niemer mit em ne flüchtige Nicke grüesst. Mi het's fasch gar e chly tüecht, die angere Lüt do i däm Restaurantgarte syge dir zwider. No schlimmer: Si syge dir komplett Wurscht …

Achtung: D Särviertochter het di gseh! Lo di nid lo ablänke vo mir. Jo nid! Nimm du gschyder d Charte vom Tuech u lis, was es hüt dä Vormittag alls git:

Gaffee, Schale, Espresso, Cappuccino u feini chnuschprigi, no warmi Gipfeli us der Bachstube vo näbedra. Wär weiss, villicht bstellsch du hüt es ungrads Mou einisch öppis angers als ds obligate Gaffee creme? Warum sich nid einisch vo öppis Nöiem lo überrasche? U de Fröid ha am eigete Muet das ewig glyche Glöis z verlo?

Gschpürsch du d Wohltat vo dene no chüele Minute hie?

Gönn dir einisch e guete Momänt lang das bewusste Achefahre vo de Emotione.

Weisch, nume so gumpet es lüüchtigs oasegrüens Splitterli i ds Läbensmosaik vo dim hüttige Tag yne, prezys glych wie nes fyns Lächle oder e schüchi Umarmig. So wird de für di dä unwiderbringlich Tag so einmalig u choschtbar u söttigs isch erscht no im Prys inbegriffe.

Gäll, das hättisch jetz nid dänkt, dass du eso schnäll u fründlich bedienet wurdisch? Jetz gniess dä Ougeblick!

Gschpürsch wie das Schüümli uf em Gaffee fescht isch u nid ab em Löffeli fladeret u sich i Nüt uflöst? Das isch doch wohlverdienete Höchgnuss! Nid nume für ds Muu, nei ou für d Seel.

Über dim Chopf, im Dürenand vo Äschtli u Blätter, lüüchtet e Spinnefade silbrig uf. Will ne es fyns Lüftli chunnt cho strychle u Sunnestrahle übermüetig drüber tänzle. I säge dir das hüt nid. Söttigs wurdi di ou gar nid intressiere. Du bisch nämlich scho beschäftiget mit em Uhrzeiger, wo wott dervorenne, mit em hurti wölle Zahle u mit em Ufbräche zum Go.

Aber no öppis wett i dir säge:

Nimm do dä Härzensougeblick mit dir, wenn du jetze grad de tuesch ufsto. Weisch, är isch meh wärt als do die Gratiszytig, wo du zum Gaffetrinke zueche oberflächlich drinne gschnöigget hesch u jetz, näb em Tassli u Undertällerli wosch lo lige.

I wünsche dir e guete Tag.

U … dass dir öppis vo däm allem, wo du dir für hüt vorgno hesch ou mögi glinge.

Läb wohl.

E Gartegschicht

Wie lang dass es dä Garte scho git, weiss i nid. Aber i dänke, är syg sicher glych alt wie ds Huus, won är derzueghört. Also wyt über hundert Johr. Si ghöre zäme u zäme sy si e Einheit. Ds Burehuus mit em mächtige Bärnerboge u äbe dä Garte.

Der Büüri, won i pärsönlich no gchennt ha, het är vor Johrzähnte als Gmüesgarte dienet.

Dienet?

Jo. Mi tüechts das Wort müess i do bruuche, ou wenn äs altmodisch tönt. Äs passt dohäre wie keis angers. Dä Garte het gar nie öppis angers gchennt als diene.

Alti Gärte hei doch so versteckti Reize. Sie biete, i der Heimlichkeit vo Strüücher, Büsch u Blueme, Nische aa, wo's am ne Mönschehärz darf wohl sy. Bi mängem Garte darf der

Schejelihaag no e Gränze sy, wo d Urueu vom tägliche Läbe tuet dussebhalte. I söttigne Orte isch no der Huuch vo re Spur zum verlorene Paradiesgarte versteckt. U wär sich däm Verborgene uftuet und das Gheimnisvolle real lot lo wärde, dä tschuderets mängisch vo seelischer Ergriffeheit u Fröid.

I söttigne Gärte cha sich der Mönsch wider erhole. U mängs Läbensnäggi versurret u heilet dört, bim Schaffe mit em Härd.

Dä Garte dört bi däm Burehuus hät villicht ou e Paradiesgarte chönne wärde. Müglich wärs. Wär weiss das scho?

Aber die Büüri het denn, dört, söttigi Überlegige nid gchennt. Si het ne als Gmüesgarte bruucht u gnutzt u dermit basta. Blueme het si als unnütze Luxus aagluegt u mit däm het si nüt chönne aafo. U scho bim blosse Dradänke, dass si am Garte ou no Härzensfröid chönnti ha, wär si sicher fasch e chly hässig worde. Si isch ufgwachse u gross worde i re Zyt, wo kreatürlichs Fröidha scho fasch als Sünd isch aagluegt worde.

Zum Schaffe isch der Mönsch gebore worde u nid zum Schönha u Gniesse. Das isch ihri Losig gsy u nach dere het si wortgetröi gläbt.

Wenn i a die Frou zruggdänke, wirden i gäng wider truurig. I myne Erinnerige het das Bild vo ihrer Biographie keini lüüchtige u rägebogefarbige Fläcke. Nei. Es isch ganz sträng i schwarz, grau u wyss dokumäntiert. Ihri Sprödheit het ihre villicht scho als Meitschi verbotte, d Züpfe mit Hoornodle ueche z stecke. E söttigi Frisur hätt am Änd ihres junge Frouegsicht chönne verroote u scho vor der Zyt Sehnsücht wecke, wo si sich nie hätti wölle zugestoh.

Hert u sträng isch si allwäg vo früechschter Jugend aa dür ds Läbe gange und eso het si ou gärtneret. Uf de wenige alte u vergilbete Fotone muess me nämlich d Blueme sueche.

Wo du die Büüri, im Alter, us em Burehuus i ds Stöckli hingere het müesse zügle, het si mit Gott u de Mönsche ghaderet. I die Verbannig, wie si däm Wohnigswächsel gseit het, hätt si nie begährt.

Und eso wie sie em Garte ihres Härz nie ganz het chönne uftue, het si ou das Stöckli nie akzeptiert. Derby hätt das gäbig ygrichtete Hüseli eso vil Läbensqualität gha. Es hätt ihre zum Säge chönne wärde und ihre es läbbars Dörfe-i-ds-Alter-go chönne ermügliche. Dört, eso verträumt u nooch am Waldrand, hätt äs no e späte Glücksfall chönne sy. Aber d Büüri, wo eso ungärn dört drinne gwohnt het, het das Liebe vo däm bescheidene Daheime nid chönne gseh.

Das Stöckli het e kei Wärtschätzig vo ihre übercho. Höchschtefalls no sys wätterfeschte Dach.

Di junge Lüt, wo du im Burehuus obe d Zügel i ihri starche Häng hei gno, hei du scho ganz e anderi Brülle annegha. Sie hei mängs anders aagluegt und ou mängs anders gmacht. Die hei das ou müesse. D Zyt isch jo nid blibe stoh.

Vo allem Aafang aa isch der Garte z gross gsy. Wäge der unufhaltsame Mechanisierig i der Landwirtschaft hei si ne du radikal verchlyneret. Der nöi Traktor u der Ladewage hei meh Platz bruucht, u drum isch der Husplatz erwyteret worde.

D Grossmueter im Stöckli het wüescht to derwäge aber ihres Chifle het nüt abtreit.

Ou der Beerihag, wo näbenusse isch gsy, hei die junge Lüt grüttet. Der damalige junge

Büüri het ds Läbe es angers Pflichteheft i d Häng drückt.

Dä verchlyneret Garte isch du aber für die Familie u vor allem für die chlyne Ching e gäbige Egge worde. Bim Ygrase, bim Höie u bim Ämd ablade, sy die Chindli im yghaagete Garte vor de Gfahre vo de Maschine i Sicherheit gsy u hei de glych chönne zueluege. Derzue hei si chönne spile und sich stundelang vertöörle. U mängisch isch ou es grosses Becki mit sunnewarmem Wasser für die Chinderli parat gstange, u si hei nach Härzensluscht drinne dörfe bade, chosle u sprütze. U drufabe hei si mit em nasse Härd Chüechli drückt u Guguhüpfli bachet. Nach em Subersy wider dörfe söile u päppele isch halt ou Chinderglück. Und eso het dä Garte, wo drinne ou no chly Rüebli u Salat gwachse sy, allne Fröid gmacht u dienet.

De chlyne Ching isch's i däm Garte nie längwilig gsy. Es isch ou öppe vorcho, dass si uf alte Dechine, dräckig wie Fäldmuser, im Schatte vom ne usbleichete Occasions-Sunneschirm, herrlich gschlofe hei.

Nach schwäre, stränge u schwierige Johr, isch ds Glück vo dere Familie dört verheit.

Der Hof isch läär zruggblibe. Die Junge sy furt und ds Land isch a verschideni Burebetriebe vom Dorf verpachtet worde. Öppis, wo kei Mönsch je ou nume im Troum für müglich ghalte hätt!

Irgendeinisch sy du frömdi Lüt i das Burehuus ynezüglet.

Die hei Hüng züchtet.

Der Garte hei si hurti i ne Hundezwinger umfunktioniert. Entsprächend het är du scho gly usgseh: Zum Erbarme! Vo de Bettli isch scho vorhär wägem Gjätt nüt meh z gseh gsy, aber die vierbeinige Energiebündel hei du ou grad gar alls verwüeschtet. Einzig zwo, drei Söichrutstude hei nach em Soomeflug mit de wysse Schirmli no tapfer probiert z wachse.

Die alti Büüri im Stöckli het du die Misere nümme mit eigete Ouge müesse gseh. Vereinsamt u verbitteret isch si vorhär gschtorbe.

Die Hundezucht het du glych nid so gfloriert. U das Näbenusse-Wohne isch du ou gar nid eso lang der gross Hit gsy. Irgendeinisch sy Hüng u Lüt nümme do gsy u niemer het begährt z wüsse, wohi die e chly usgflippte Frömde züglet sy.

Spöter het du wider öpper dört gwohnt. Aber die hei em Garte nüt derno gfrogt. D Vögeli und der Luft hei du allergattig Söömli häretreit, u will i däm Johr ds Wätter so wächselhaft u vil nass isch gsy, hets i däm verwüeschtete Gviert nodisno wieder aafo grüene.

D Natur het dä verschandlet Garte a nes Ärfeli gno, u het ne uf ihri Art widerbeläbt.

Die nöchschte Huslüt, wo sy cho, hei Wullesöili gha. Dä ehemalig Garte isch du grad sofort ihres Juhee worde. Die hei das früsche Grüen i churzer Zyt usgnuelet u gfrässe gha. Es isch es Bild zum Hüüle gsy! Aber dene läbensluschtige Vychli mit gwunderige Nuelinäsli u de ufmerksame Öigli isch es wohl gsy. Souwohl äbe …

U wider het's e Wächsel gä. U die hei du grüeni Häng nid nume grüeni Düüme gha. Das ältere Ehepaar het si ganzi Chraft däm Projekt Husgarte lo zuecho. Sie hei ne wider urbanisiert und är het schön usgseh wie no nie. Liebi, Fröid u Pfleg het är jetz im Überfluss übercho u das het me ihm de ou aagseh.

E Garte. Bim Liebgott vor der Himmelstür. Bildschön.

Aber zum Gartne bruuchts Chraft u Gsundheit und es stetigs Drannesy. Es het däm Ehepaar fasch ds Härz abdrückt, won äs sich nach Jahre u langem Hin u Här vom Huus u vo sym Garte het müesse trenne.

Hüt wohne wider jungi Lüt i däm Huus. Der Garte isch jetz e Raseflächi mit Mehrjahresblueme am Haag no. Zmitts drinne het's e chlyne Teich mit ere Seerose drinne. E gäbige Sitzplatz hei si ou ygrichtet. U dört, wo albe früecher der Beerihaag isch gsy, hei si es grosses Badebassin lo härestelle.

E Wohlfüehl-Oase müess das wärde, so hei si mir voll Begeischterig erklärt, und i ha nes gloubt.

Im vordere Johr hei si z hingerscht hinger i der Schüür no Yseächsler-Räder gfunge. Die hei si füregschrisse u putzt und em Fäldwäg no a Gartehaag aaglähnet.

Vori grad bin i wider einisch a däm Garte verby cho. U do han i die Räder wider gseh.

Speiche u Nabe sy scho rächt murb vom Alter u vom ständige Dusse-Sy, aber die starche Yse-Reife halte die gwagnerete Züge vo re früechere Landwirtschaft no fescht zäme. U d Winde hei die Räder ou entdeckt. Ganzi Girlande vo läbigem Grüen hei si im Louf vo der Zyt drygwobe. U mit wysse Kelchblüete das härzblättrige Dürenand gschmückt.

Us verborgene Würze töif im Bode usbroche u gwuecheret u gwachse. Urtümlich. Wild. U glych ... wunderschön.

Vom Läse

Es git mängisch Tage, wo bi üs alls z gunträr louft. Eifach schreeg näbedüre u ganz u gar nid eso, wie mir das planet hei. De git's für mi albe nume no Eis: Hurti, hurti, e Momänt lang mi Nase i nes spannends Buech ynezdrücke u so, bim Läse, Wort u Gfüehl u Stimmige chönne z gspüre, wo süsch nüt wär als verloreni Zyt mit Göije u Warte.

Der hüttig Tag isch grad eso eine gsy.

Üses Arbeitsprogramm het fasch all Halbstung gänderet. Aber will mir flexibel sy, hei mir de glych probiert, ds Beschte drus z mache.

Bi mir isch syt letschter Wuche uf em Gartestuehl vor der Chuchitür es Buech gläge.

«Ich bin dann mal weg»

Das isch jo dä Supertitel für Läsistoff vor em ne Burehuus.

Ha! So wüsse doch de myner liebe Fründinne oder wär de süsch öppe no spontan bi üs wott verbycho, dass mir äbe nid do sy.

Do die churzwyligi u tiefsinnigi Reisebeschrybig vom Jakobswäg het mir spontan mi Nochbere i d Hang drückt. No warm vom Fertigläse han i se dörfe ha. «Muesch grad hurti do der Kerkeling ynezieh, da hesch ömu de i dene hektische Hochsummer-Ärntetage gäng öppis, wo di fröit.» So het si gseit u gschmunzlet.

Gwungerig, wien i bi gsy, han i du ihre Rat z Härze gno, u das Buech i allne Läbenslage i der Nöchi gha. I muess scho säge: Nach de erschte paar Syte han i scho nümme chönne höre.

E angeri vo myne Fründinne vom Dorf isch churz druf bi üs verby cho. Si het sich Sorge gmacht u wölle wüsse, wie dass es mir u üsne junge Familie öppe so göi?

Es tuet guet, wenn mir Bürinne i stränge Zyte chly Aateilnahm vo nidbürliche Froue überchöme. Vo söttigne, wo üs bim Schaffe u bim Traktorfahre ufmerksam tüe beobachte u üs eso mit guete Wünsch dür üse Wärchtig tüe begleite. U drufabe de, nach de grosse Wärch, wenn d Müedi und d Erschöpfig chunnt, ou gäng öppe wieder nochfroge. Söttigi Fründschaftszeiche tüe guet.

Die Frou het ihri Ouge i üser Wohnig lo dasumeluege; si hätt drum gärn öppis Spannends z Läse gha. Der Kerkeling isch denn grad usnahmswys nid vor der Chuchitür gläge. Und i ha ne ganz gemein wäge mym Zerscht-sälber-wölle-fertigläse mit keim Wort erwähnt.

Aber si het de glych nid mit lääre Häng hei müesse.

Im Meitschistübli isch doch e Papiertragtäsche am Bode gstange, won i mit wasserfeschtem Stift «Kostbarkeiten» drufgschribe ha. Drinne sy e ganzi Zylete nöii Büecher gläge. Die han i grad no vor der Weizeärnt vo re hochbetagte Burefründin leihwys zum Läse übercho. Öppe so für nes Johr …

Bi dere hets i jeder Stube Büecher gha. Büecher i jedem Egge. Im Büechergstell. Uf em chalte Sitzofe u näb em Läsesässel im hälle Liecht vom Fänschtergviert. Uf em Parkettbode höch ufbiget. Ganz nooch u griffbereit. Nöii u ganz nöii. Uspackti u no verpackti Nöierschynige vo de letschte Mönet.

Dört sy si, für all Fäll, deponiert worde.

U vo dört us sy si de meischtens gly druf scho i die offeni Rundi vo Büecherwürm u

Läse-Närinne use gange. U ersch nach em Uf-Umwäge-wider-zrugg-cho sy si i Reih u Glied i ds erwyterete Büechergstell cho u hei uf nes nöis Wytergä gwartet.

«Du muesch läse!» So het die gueti, alti, tröii Fründin zu mir gseit. «Ganz bsunders denn isch das wichtig, wenn du grad gar kei Zyt derzue hesch. Läse isch enorm wichtig. Weisch, mi muess der Geischt beschäftige, nid nume d Häng. Süsch wird är rumpelsuurig. Grad bsunders bi de gfährliche Routinearbeite isch är vil wacher derby, wenn är Läsistoff zum Verdoue het. U du chasch erscht no dys Beschte bim Schaffe gä. U am späte Fürobe hesch du de nid nume müedi Chnöche, nei, du hesch de ou no gäng e Äxtra-Fröide-Sunnestrahl im Härz.

Läse isch ds Höchschte, wo sich der Mönsch cha z lieb tue.

Do das moderne Züüg wo's hüt git, Computer u so, wo de Mönsche so vil choschtbari Zyt chunnt cho stähle, wird nie, gar nie a das vollkommene Glück vom Sälberläse häre cho.

Chumm. Gryf zue! Lis use u nimm mit, was di gluschtet. Pack y! Gönn dir dä Luxus vom Läse. U genier di nid, wenns halt i Gotts Name nume für nes paar Ougeblick uf der Toilette längt. Das macht doch nüt.

Weisch, am stille Örtli zwo, drei Syte läse isch wäger e kei Unehr. I wett bhoupte, d Wohltat vom gläsne Wort isch würksamer als jedi vom Dokter höchschtpärsönlich verschribeni Tablette gäge Überarbeitig u Stress.

Nimm nume! Nimm!»

Das han i mir du nid zwöimol lo säge. Voll Gluscht u Vorfröid han i mi bedienet, eso, dass d Manne, wo am Stubetisch i nes

Fachgspräch über Beieli vertieft sy gsy, ufgluegt hei. U mi Maa het du fasch e chly ratlos gseit: «Jetz het's di packt!»

Rächt het är gha.

Spöter, wo mir heizue gfahre sy, sy Biografie, Reisebeschrybige u Romän mit im Gepäck gsy.

E Wortvorrat, wo wyt ma länge. U die stilli Vorfröid isch denn ou mit üs mitgreiset u isch Daheime, als Wächterin, bi dene abgstellte Choschtbarkeite im Stübli vo üsne Grossching blibe. Ganz zfride het si du regischtriert, wie das Under-der- Hand-wyters-gä e Wälle vo Wohlluscht u bhäbigem Dörfe-derby-sy usglöst het. Wyblichs Gniesse vo ganz und gar legitime Fröideli. U abgsägnet mit em Ehrekodex:

«I gibe se dir de nach em Läse ganz sicher wider zrugg.»

Wär wett do ou zwyfle dranne?

U will jetz äbe hüt für mi eso ne Pflichte-do-sy-tag, als Springmeitschi vo mym Maa isch gsy, han i mir halt d Wartezyt mit Läse usgfüllt. U nachhär isch halt du do das Buech «Ich bin dann mal weg» ou i d Täsche mit em Mineralwasser mit mir uf ds Fäld usecho.

Das isch es Novum gsy. Das han i tatsächlich de no nie gmacht.

Aber warum söll die alti Büüri im letschte aktive Johr nid ou einisch es Buech uf ds Fäld usenäh? Verbotte isch das ömu nid. Zfride, will i no nid grad bi der Arbeit bi bruucht worde, han i ds Velo im Grien i ne Stuffubitz gstellt u bi a ds Aarebord i Schatte vo Wyde u Silberpappele go läse.

E Hung mit Frauchen isch verby cho. Dä het mir du si versöiferet Stäcke über die usgstreckte Bei gleit u het mi aabättlet, i söll doch das blöde Buech ewägglege u chly mit ihm spile. Dä lieb Tscholi hat mi mit eim Blick ume Finger glyret. I ha si Bänggu gschosse un är isch wie ne Blitz uf u dervo. Sym Lieblingsspilzüg hinger noche.

D Frou isch sich du zu mir cho entschuldige u het probiert z erroote, was i do für ne spannendi Lektüre tüei läse.

Chly spöter han i du lut u höchscht amüsiert aafo lache. Usgrächnet grad denn, wo hinger em ne höche Maisfeld e Wanderer ärschtig uf em Fäldwäg isch cho z schuene. Dä het du mys Läsiglück mit eim Blick erfasst. Mit em ne fasch kumpelhafte Schmunzle het är mi im Verbygang grüesst.

U won i du uf em aagränzende Fäld zum Schaffe bi bruucht worde, han i du dä Bricht vo dere Pilgerreis uf em Jakobsweg uf üser Süüflitäsche am Wägrand aa plaziert.

Allpott sy du drufabe Lüt cho z loufe. U meh weder einisch han i chönne beobachte, wie si äxtra a däm Wägrand no glüffe sy, wo ds Buech isch gläge.

U für dass de würklich niemer meh muess gwungere, schryben i do no grad einisch der Titel uuf:

Hape Kerkeling
«Ich bin dann mal weg»

I sägen öich, das Schaffe isch mir de ring gange. U wo mir du spöter deheime sy gsy, han i no grad supplement e Storete Stangebohne im Pflanzblätz abgläse u grüschtet.

Do gits wäger nüt z nörgele u z märte dranne: Läse git Energie!

Der Stuehl

Es isch heiss. E Ougschtehitz, syt Tage, wo eim fasch der Schnuuf nimmt u eim schier wott erschlo.

Mir sy glych uf em Fäld.

Es git halt Arbeite, wo müesse gmacht wärde. Hitz hin oder här. U wäge de (z) höche Ozonwärte chöi mir glych nid deheime blibe.

Mir tüe Härdöpfelstude abschlägle. Maschinell u drum ohni Chemie.

I ha mym Buur ghulfe, die gmieteti Maschine vom Transportiere uf der Stross zum Benütze uf em Fäld umzproze. Drufabe han i der sträng Befähl übercho, i söll jetz tifig hei und a Schatte go. Äs göi jetz sicher ohni mi.

Aber daheime isch es für mi ou nid luschtig. Mir sy jo beidi nümme jung u die Maschine isch üs nid eso vertrout. U mit myre innere Urueu chan i ou nüt Rächts schaffe. Wär nume halbbatzig wärchet, verrichtet jo nüt. I go doch gschyder wider use uf ds Fäld.

Usgrüschtet mit Papier u Chugelschryber, mit Mineralwasser und em ne Chüssi, han i churz druf mys Velo wider gsattlet u bi gstartet.

I ha vo Aafang aa zwo Haselstude im Visier gha. Grad diräkt am Strössli no. Ds Huus, wo hingerdra steit, git, will d Sunne wanderet, scho wunderbar Schatte.

Dört han i mir jetz my heimlich Wachtposchte ygrichtet. Dört, uf em Rasebord. Das isch äbe ou eis vo myne Privileg, won i do im Dorf als alti Büüri ha. Derwyle dass d Lüt, wo hie wohne u wo mir guet kenne, uswärts uf der Arbeit sy, gönne i mir do, uf ihrem Umschwung, dä spontan Zwüschehalt. Grad näbe üser March.

Es Meiseli chunnt zu mir u zwitscheret mir grad hurti d Quartiernöiigkeite zue. Im Ghölz näbedra rüeft ufgregt e Spatzemueter ihrne flügge Junge. Und es chüels Lüftli strycht e chly verschlofe übere Boden y. Wär sich no nie i so ne verschwigene Egge verschloffe het, cha gar nid wüsse, wie erfrüschend eso nes nid beachtets Schatteplätzli cha sy. Und uf däm alte Chüssi, wo syni schöne Tage ou scho längschtens hinger sich het, hockets sich gäng no feiechly guet. Zum Glück han is no nid ändgültig lo verschwinde.

Do, so zmitts im Gstüüd, lon i mirs jetz lo wohl sy. I lose u weiss, dank em hochtourige Motorelärme, dass die schwäri u bolochtigi Maschine tadellos schaffet. Und i ha ou heimlich der Buur im Oug u überchume de glych e kei Sunnestich.

Jetz chan i mit myre Nomittagszyt mache, was i wott.

Allergattig geit mir düre Chopf.

I bsinne mi ungereinisch dra zrugg, wien i vor Johre üses Mätteli daheime entdeckt ha.

Es waggeligs Chuchitaburettli, es Schirbi, muess i scho säge, het denn mit mir zäme der Aafang gmacht. Scho lang hei mir's im Huus usgschoubet gha und äs isch unnütz im ne Egge gstange. Das han i denn, am ne späte Oobe, zu der Houerstude u zum Hartriegel hingere treit u von denn aa dört lo stoh. I re schwäre Stung han i das denn gmacht. Eini vo dene, wo's mi denn tüecht het, i heigi i däm mit Mönsche u Arbeit überbeleite Huus kei Platz meh zum Läbe. U der schwarz Mantel vo der Nacht het sich gnädig u weich über mys truurige Eländ gleit. Denn han i mit ihre ewigi Fründschaft gschlosse.

Vo denn aa han i gäng gwüsst, wohi dass i cha flieh.

Kei Chilcheruum u kei no so tüüre Psychiater hätte mir je eso chönne wider uf d Bei hälfe, wie das Erläbe mit der Nacht. I ihri touigi Füechti und i ds grosse Schwyge vom ewige Stärnehimmel han i dörfe flüchte, wenn i kei Läbenschraft meh ha gha.

Üses Mätteli hinger em Huus het ou nid gäng nume dörfe es Schöns sy. Im Herbscht hei sich albe töiffi Charglöis i sy Grasnarbe drückt u plätzewys hei mir mit üsem Drinume-Fuerwärche Schlöiderspure gschrisse. Zerscht mit schwäre Fueder vo ghäckerletem Mais, spöter mit Zuckerrüebeschnitzel, wo mir usem Ysebahnwage usglade hei. U drufabe mit Grasfueder, wo mir vor em Ywintere no ab de Matte gruumt hei. Mit dene Fuetervorrät hei mir üse gross Siloruum ufgfüllt. Jede Herbscht. Bi jedem Wätter. Ou ds Zuckerrüebeloub mit de Batze dranne het müesse häregcharet wärde u hei a Schärme cho.

Wenn de albe alls verby isch gsy, het äs so verdryschaaget usgseh wie wenn Panzer, i de legendäre grosse Herbschtmanöver vo der Schwizerarmee, drdürdonneret wäre.

Die Silierarbeite sy denn no mit vil Handarbeit verbunge gsy. Schwär u sträng u bis i alli Nacht yne. Was hei mir denn doch albe alls gschaffet u gchnorzet u gchummeret. Ohni myni heimliche Stunde im Mätteli usse, bi de Igle u de Flädermüüs, wär i i dene Johr gsundheitlich nid über d Rundi cho.

Hüt isch d Silierarbeit es Kapitel für sich, und es chöme ganz anderi Gschütz zum Ysatz. Die mächtige Dosierwäge hei längschtens d Handarbeit abglöst …

Nach em Chuchitaburettli, wo ou im Schnee dusse blibe u zytewys bruucht worden isch, han i du e verwitterete Gartebank bruucht. Vo denn aa isch de albeneinisch ou mi lieb Maa e Momänt lang zu mir cho schwyge u cho sys Härz a d Rueu tue.

Derno sy Campingstüehl gross i d Mode cho. Mi het der Usseruum als Läbensruum aafo entdecke u das isch es florierends Gschäft worde. I ha chly unglöibig myni Ouge gribe und ha gstuunet. Söttigs han i doch scho lang gwüsst.

Es isch no gar nid eso lang här, do het mir e liebi Fründin ihres Gheimnis bychtet. Eis, wo sogar no i tschuld dranne ha sölle sy. I heig schynts vor Johre e Artikel übere Säge vo som ne heimliche Zuefluchtsort veröffentlicht. Han i das? I ha mi nümme dra zrugg möge bsinne.

Ytem. Sygs wies wöll. Für si syg die Publikation denn ihri Rettig gsy.

Si heige denn grad d Schüür nöi müesse boue. Mit ganz vil Eigeleischtige. Was das für ne Burefamilie heisst, wüsse nume die, wo söttigs, näb em reguläre Arbeitsprogramm vom ne Burebetrieb, scho gschaffet hei. Das sy Generationsleischtige! U vor dene cha me nume mit Hochachtig der Huet zieh.

Grad usgrächnet denn heig si, scho bald am Ändi vo dere verruckt stränge Bouzyt, i ihrem Dorf, vor der Ghüderabfuehr, e stabile, usrangierte Chuchistuehl gseh stoh. U will si vorhär grad myni paar Zyle i re Tageszytig gläse heig, syg bi ihre ds Zwänzgi abegheit.

Ungerwägs syg si gsy mit em ne tätigete Grossychouf für die usgfrässni Chuchi wider mit Vorrat z versorge. U wo si du uf der Heifahrt denn dä Stuehl heig gseh, heig si müesse handle.

Sie heig im nöchschte Quartierströssli ihres Outo gchehrt, syg wider zrugg gfahre, heig die volle Täsche schnäll e chly angers zämegstellt u, ohni linggs u rächts z luege, mit eim Handgriff dä Stuehl ou no im Kombi verstouet u mit sich hei gno. U die heimlichi Vorfröid heig si scho denn gspürt.

Vo denn aa, wo du ds Vieh scho ygstallet syg gsy aber d Bouerei no nid ganz fertig, heig si dä ergatteret Chumm-mer-z-Hilf all Tag hurti e chly bruucht. Dört hinger, bim oberirdische Bschüttibhälter, dört, zwüsche Räschte vo Armierigsyse u Bouschutt, heig si, e chly versteckt, chönne zueluege, wie ds erschte Gjätt, Pionierpflanze, de widrigschte Umschtänd trotzet heig. Dört, uf däm Stuehl, heig si gäng wider ihre schwär Sorgerucksack chönne abstelle.

Meh weder einisch heig si dörfe erläbe, dass si vom Ooberot u vo der erschte Chüeli vo der Nacht umarmet u tröschtet syg worde.

My Stuehlgschicht heig ihre denn konkret Läbenshilf gleischtet…

So, fertig troumet.

I sött jo ufstoh u go hälfe.

D Arbeit isch fertig u d Maschine isch mit em ne vilfache metallische Chläpperle zum Stillstand usglüffe. Die starche u glych summermüede Härdöpfelstude sy jetz, vo de Schlägel abgrupft u verbroosmet centimeterdick zwüsche de länge Härdöpfelfure gläge. U wo sich du ändliche ou die letschti dicki Stoubwulche, wo's bständig gä het, müed über ds Fäld gleit het, isch du der Buur sy Durscht zu mir cho lösche. Gärn isch är jetz zu mir a Schatte cho.

Alls isch guet gange. Mir hei ufgschnuufet.

Jetz hei mir nume no müesse die verstübti Maschine strossetouglich mache, für dass se de mi lieb Maa cha umebringe. Und wo alls perfekt isch gsy und är mit der Patina vom ne Sandsturm im Gsicht zu dere Fahrt gstartet isch, han i ou zfride myni Schrybsache und mys Chüssi zämegruumt.

Das i jetz aaschliessend vo däm Pseudo-Ysatz näb em Fäld sogar no cha ne zfadegschlagni Gschicht heinäh, isch doch würklich öppis Schöns. Oder öppe nid?

Ds Lied vo der Ärde

Es sy ganz spezielli Tage, wo mir do im Momänt erläbe. Wo mir zäme dörfe erläbe.

Es isch jetz Oktober worde u gäng no isch es warm. Extrem warm. Und extrem troche. Und wenn mir nid d Byse, wo ou dür d Nacht düre chuttet, jaulet u grännet der Schloof vertrybt, de isch's der Vollmond, wo derewäg heiter macht, dass i dusse, uf der Terrasse, schiergar chönnti go d Zytig läse.

Momentan schlofen i wenig. I düüssele mängisch z Nacht i der Wohnig dasume u brattige mängs. Mir schliesse üses Bureläbe, üses aktive Bureläbe, langsam ab. Gly stöh mir vor em Zügle. E gäbigi Wohnig hei mir hie im Dorf scho gfunge u gmietet. Mir fröie üs uf dä nöi Läbensabschnitt, won es Freiwärde vo de tägliche Pflichte ermüglichet, eso, wie mir's no gar nie hei gha. Dä bevorstehend Ufbruch bringt üses Seeleläbe scho rächt dürenand.

Und mir rede üs halbi Nächt lang üsi Emotione vo der Seel. I söttigne Stunde chunnt scho mängs uf ds Tapeet. Aber das isch guet eso. Dank däm gägesytige Offesy nischte sich de ou weniger gheimi Ängscht u Aggressione y, wo de spöter giftig chönnte ufbräche …

Mit ganz vil Glück u guete u tröie Lüt hei mir jetz grad i dene Tage ou die letschte Härdöpfel us em stoubtrochne Bode chönne näh. Nume dank em vorhärige Wässere isch das Usgrabe vo däm zarte Elfebei, äbe em Härdöpfel, ohni Qualitätsybuess müglich gsy. E überdurchschnittlich grossi Ärnt het de ou d Vermarktig rächt schwirig gmacht. Aber mir dörfe zfride sy. Und wo mir mit allergattig Gspass, unerwartete Überraschige u mit töifer Dankbarkeit der Härdöpfelvollärnter ds alleriletschte Mou abgstellt hei, sy mir abgstige u hei enand umarmet. Einevierzg Johr lang Härdöpfel aapflanze u ärnte (mit allne mügliche u unmügliche Wättergabriole, wo derzue ghöre) u nie e Unfall müesse beklage, das isch wäger nid sälbstverständlich. A das hei mir dänkt u drum sy mir ou eso dankbar gsy …

Won i drufabe im Huus grad e chly ha wölle aafo treibe, mängs isch halt du chly blibe lige, isch do die Aafrog am Telefon cho. Ob i nid Luscht hätti zum Tag vom gschribne Brief, i gloube es isch der 9. Oktober gsy, ou e Bytrag z schrybe? Für ne Usstellig. Eini, wo me die vollgschribne Blätter sälber darf i d Hang näh u läse. Und will mir die Idee spontan eso gfalle het, han i gärn zuegseit.

Ei Hoogge het aber die Sach de scho gha: Die organisierendi Frou het mi, will i gäng dusse uf em Fäld bi gsy, nie a ds Telefon übercho u drum het's jetz halt pressiert.

Sälber ganz gwungerig drüber, was do eventuell chönnt wärde, bin i i myre Schrybschublade go grabe. Und ds Liecht i der Stube vore, het sicher zwo Nächt lang dürebrönnt.

Bi däm Düreläse vo mym Blätterdürenand han i mi rächt chönne vertöörle…

Aber i bi de ou fündig worde.

Als alti Büüri han i mir i de letschte Mönet vo myne Tagesysätz der Luxus gleischtet, albe no Papier u Chugelschryber i d Wärchzügchischte vom Traktor z stungge. So han i de, wenn i öppe ha müesse warte, es paar Gedanke chönne ufschrybe.

I dene Notize han i du ou der «Brief vo de Fälder» gseh u dört isch ds Lied vo der Ärde vorcho. Und i ha gwüsst: Das isch es!

Im Summer bin i einisch, wyt usse uf de Fälder, i nes Chleefäld chly go ablige. Nume e Momänt lang. Aber das Hurti-chly-i-d-Matte-lige het glängt, für dass mir öppis isch i Sinn cho.

Öppis vo früecher. Das han i müesse ufschrybe.

Will i denn, äbe früecher als Ching, gäng gärn öppis gchlütterlet u grüblet ha, han i überobe im Eschtrig ds alte Radio vom verstorbene Grossätti füregnuuschet, abgstoubet, überabe treit u irgendwie wider chönne zum Klinge bringe.

U will mys Stübli chly näbenusse isch gsy und i scho denn ir Nacht wenig gschlofe ha, han i, scho fasch süchtig, aafo Radio lose.

Als eifachs Landching, wo nüt aber ou gar nüt het gwüsst, isch mir die klassischi Musig zur Offebarig worde. Heimlich han i do i ne frömdi u schöni Wält chönne ynelose u das het mir a Lyb u Seel guet to.

Öppis Unbekannts, Weichs u überirdisch Hälls het mi i dene Stunde verzouberet, mitgno u mit sich furttreit, use i die gränzelosi Stärnenacht. Und es isch e Wohlklang um mi ume gsy, gwüss grad so, wie wenn i uf em diräkte Wäg zum Paradies wär gsy.

Dere heilige u heilende Macht vo der klassische Musig han i mi dörfe aavertroue. I, ds gring gachtete Verdingching mit de vergrännete Ouge.

I dere Zyt han i du ou einisch «Das Lied der Erde» vom Gustav Mahler ghört. U ganz langsam han i Sache aafo begryffe, wo nöi u frömd sy gsy: D Spur oder der Sinn vo mym schynbar wärtlose Läbe.

Instinktiv han i ungereinisch gwüsst, dass ou mys so mängisch i Froog gstellte Läbe glych irgendwie richtig u wichtig isch.

Denn isch i mir öppis Wunderbars passiert. Mys Dänke und Empfinde isch denn, i dene heimliche Nachtstunde, süferli erwachet u het sich aafo entwickle.

Es het halt doch allwäg eso müesse sy, dass i, so chly wien i bi gsy, denn vo Daheime furt ha müesse u dohäre, i das Huus u zu dene Lüt hie ha müesse cho.

Und i ha e Ahnig übercho vo mym zuekünftige Läbe, und eis han i ganz dütlich gspürt: I wirde gäng mit em Bode, mit em Härd müesse zämeblybe. Und i ha töif i mir inne gwüsst, dass i doch eigentlich d Ärde gärn ha. U dass si ou mi gärn het u dass i de einisch zu ihre wett luege. Si isch mir bi dene Gedankegäng müetterlich entgäge cho …

Vo denn aa han i dür die feischterschti Nacht chönne go und i ha nie Angscht gha. Äbe drum will i under myne Füess der Bode, d Ärde gspürt ha. I bi bschützt u bhüetet gsy. Und die Verbindig zwüsche ihre u mir isch bis hüt ganz starch blibe. Und wenn si mi de einisch, wär weiss villicht scho gly, söttigs weiss me nid, zur ewige Rueu wird ufnäh, de isch de alls, alls guet.

Was i ha dörfe wärde u was i hüt bi, verdanken i vilne guete Mönsche, wo sich im Härz hei lo berüehre, aber vor allem verdanken i das der Ärde u üsem Bode, won i, wo mir, es Läbe lang druffe gschaffet hei …

So öppe i däm Sinn han i es paar Blätter, zum Tag des Briefes, vo Hang vollgschribe.

Das Lied der Erde.

Am glyche Tag, won i die fertigi Sändig adrässiert u frankiert uf d Poscht brocht ha, het üsi jungi Burefamilie i die Ärde z erschte Mou der Winterweize gsäit. Ihri Wintersaat. Dört drinne ligt doch d Hoffnig verborge, dass d Saat mög ufgo u d Frucht, der Chärne, üses tägliche Brot, ou im nöchste Johr no läbenswichtig mögi sy.

Ds erschte Mou syt Wuche het's am Himmel Wulche gha u ds Nomittagsliecht isch nümme so aggressiv u bländig gsy. U albeneinisch het sich e Rägetropf bis zu üs verirrt.

Mir sy alli mitenand dusse auf em Fäld gsy und es isch e Fride um üs ume gsy u die chlyne Buebe, wo jetz ou zu üser junge Familie ghöre, hei uf em Stumpe vom Quartierströssli, dört wo der Fäldwäg aafot, mit farbiger Chryde Mannsdoggeli und e Rägeboge zeichnet. Und won i du drufabe zu myre liebe Fründin, die wo grad dört wohnt, i d Chuchi ha dörfe gon es Gaffee trinke, han i gwüsst: Ds Lied vo der Ärde klingt, ou wenn sie das villicht no gar nid wüsse, i der Seel vo üsne junge Lüt wyter …

Inhalt

Wies zum grüene Paradies isch cho	5
Im grüene Paradies	9
Dahlie	14
Ds Meieli	21
Vergrüblet	30
Häng	35
Für di	45
Es Gartegschicht	53
Vom Läse	64
Der Stuehl	74
Ds Lied vo der Ärde	85

Bärndütschi Gschichte

Ca. 96 Syte, 11,5 x 15,5 cm
(W) = Wienachtsgschichte
Marianne Brönnimann, Zmitts us em Läbe
Marie Dubach, Der Chäsereibueb
Marie Dubach, Guldigi Hochzyt
Marie Dubach, Vo Land u Lüt
Liselotte Gäumann, Der guet Hirt (W)
Liselotte Gäumann, Es Wienachtswunder (W)
Ursula Schneider, Us eigetem Bode
Heinz Stauffer, Es Käfeli git o warm
Rosmarie Stucki, Der Chirschiboum
Rosmarie Stucki, Es Dotze Chlämmerli
Rosmarie Stucki, Wienachtsguetzli (W)
Rosmarie Stucki, Zäme ungerwägs
Ueli Tobler, Sparewyler Wienachtsgschichte (W)
Ueli Tobler, Chünigsgschichte
Elisabeth Zurbrügg, D Fröid chunt zrugg (W)
Elisabeth Zurbrügg, Garteröim – Mönscheröim
Elisabeth Zurbrügg, Ds Läbe präschtiere
Elisabeth Zurbrügg, Nöi aafo
Elisabeth Zurbrügg, Ds Rösslispil
Elisabeth Zurbrügg, Es Ängeli (W)

Bärndütschi Büecher mit feschtem Yband

80 Syte, 15,5 x 21.5 cm
- Es bsunders Adväntsfänschter (verschideni Outore) (W)
- E Läbchueche (verschideni Outore) (W)
- Emil Hänni, Bäregrabe-Gschichte
- Fred Sommer, Es Läbe für ds Dählhölzli
- Bäreliebi (verschideni Outore)

Alli Büecher überchunnt me i jeder Buechhandlig oder diräkt bim Blauchrüz-Verlag Bärn, Blaukreuz-Verlag Bern, Lindenrain 5a, 3012 Bern, Tel. 031 300 58 66, Fax 031 300 58 69, verlag@blaueskreuz.ch, www.blaukreuzverlag.ch